Kaserne des Schreckens
Bundeswehrstützpunkt Torgelow

FSC
www.fsc.org
MIX
Papier aus ver-
antwortungsvollen
Quellen
Paper from
responsible sources
FSC® C105338

Herold zu Moschdehner

Kaserne des Schreckens

Bundeswehrstützpunkt Torgelow

Bibliografische Information der Deutschen
Nationalbibliothek
Die Deutsche Nationalbibliothek verzeichnet
diese Publikation in der Deutschen
Nationalbibliografie; detaillierte bibliografische
Daten sind im Internet über http://dnb.d-nb.de
abrufbar.

ISBN: 978-3-7693-0419-0

Copyright (2024) Herold zu Moschdehner
Verlag: BoD · Books on Demand GmbH,
In de Tarpen 42, 22848 Norderstedt
Druck: Libri Plureos GmbH, Friedensallee 273,
22763 Hamburg
Alle Rechte bei dem Autoren.

14,99 Euro

Willkommen in der unheimlichen Welt des
Bundeswehrstützpunkts Torgelow, wo die Schatten der
Vergangenheit und die Geheimnisse der Gegenwart
aufeinanderprallen. In diesem Roman begleiten Sie
Emlion Ludgong, einen jungen Rekruten, der an einen
Ort voller Dunkelheit und Geheimnisse versetzt wird. Die
strengen Disziplinen der Armee scheinen nicht die einzige
Herausforderung zu sein, mit der Emlion konfrontiert wird.
Seine Kameraden erscheinen ihm unnahbar und kalt,
während die offizielle Fassade der Kaserne etwas
anderes verbirgt – ein unvorstellbares Grauen.

Während Emlion tiefer in die dunklen Geheimnisse
eindringt, muss er sich nicht nur seinen Ängsten stellen,
sondern auch dem unheimlichen Wissen, das ihn
umgibt. Was geschieht wirklich in den Tiefen der
Kaserne? Welche Experimente werden dort
durchgeführt? Dies ist eine Geschichte über Mut,
Entschlossenheit und das Streben nach Wahrheit
inmitten von Dunkelheit. Begeben Sie sich mit Emlion
auf eine Reise, die Sie an die Grenzen des Unbekannten
führt und Ihnen die Frage aufwirft, wie weit man gehen
würde, um das Unaussprechliche zu enthüllen.

Kapitel 1: Ankunft in Torgelow

Emlion Ludgong trat aus dem Zug und wurde von der
frischen, klaren Luft Mecklenburgs empfangen. Ein
leichter Wind blies ihm ins Gesicht und ließ ihn frösteln.
Vor ihm erstreckte sich die kleine Stadt Torgelow,
umgeben von sanften Hügeln und weitläufigen Feldern,
die im goldenen Licht der Abendsonne leuchteten. Doch
der Anblick war schnell überschattet von der massiven
Kaserne, die wie ein düsterer Riese aus der Landschaft
ragte.

Mit jedem Schritt, den er in Richtung der grauen
Wände der Kaserne machte, verspürte Emlion eine
Mischung aus Nervosität und Aufregung. Die Vorfreude
auf den Dienst war von einem schleichenden
Unbehagen begleitet. Die Kaserne wirkte
einschüchternd; ihre kalten, rauen Oberflächen und das
monotone Design waren nicht gerade einladend.
Emlion atmete tief ein, um seine aufkeimende Angst zu
zähmen, doch die Gedanken, die ihm durch den Kopf
schwirrten, waren unaufhörlich.

Als er den Hauptgang der Kaserne betrat, wurde er
sofort von der Kälte der Umgebung umhüllt. Die Wände
waren aus grauem Beton, und das Licht flackerte über
dem Gang, was die Atmosphäre noch drückender
erscheinen ließ. Emlion fühlte, wie sein Herzschlag sich
beschleunigte. Er musste sich selbst daran erinnern,
dass dies sein neuer Arbeitsplatz war, dass er hier
seinen Dienst antreten wollte.

Die ersten Schritte in der Kaserne waren ein Schock.
Soldaten in Uniform marschierten in perfekter Formation,
und das Geräusch ihrer Stiefel auf dem harten Boden

hallte durch die Hallen. Ihre Gesichter waren ausdruckslos, kalt, und Emlion hatte das Gefühl, dass sie ihn wie einen Eindringling betrachteten. Diese Abwesenheit von Emotionen ließ ihn fühlen, als wäre er Teil eines seltsamen Experiments, dessen Regeln er nicht kannte.

Besonders auffällig waren die ranghohen Offiziere. Ihre Köpfe waren von merkwürdigen Dellen durchzogen, die im grellen Licht der Kaserne schimmerten. Emlion spürte, wie sich ein mulmiges Gefühl in seiner Magengegend regte, als er versuchte, den Blick von diesen Dellen abzuwenden. War es eine Verletzung? Eine Eigenart der Uniformität? Je mehr er darüber nachdachte, desto unbehaglicher wurde ihm.

Sein erster Kontakt mit den anderen Rekruten war unbehaglich. Er war bereit, Fragen zu stellen und sich zu integrieren, doch die Antworten, die er erhielt, waren oft kurz und kalt. „Nichts Persönliches", hatte einer der Rekruten gesagt, als Emlion versuchte, ein Gespräch zu beginnen. „Wir sind hier, um zu dienen." Es war ein Satz, der ihm wie eine Mauer erschien, die zwischen ihm und den anderen stand.

Die Tage vergingen in einem Nebel aus Drill und strenger Disziplin. Emlion hielt sich an die Vorgaben, doch das Gefühl der Isolation blieb bestehen. Während der gemeinsamen Übungen fiel ihm auf, dass die Soldaten in perfekter Synchronität agierten, als wären sie Roboter. Ihre Bewegungen waren mechanisch, und es gab kaum Raum für Individualität.

In den Pausen war die Stille fast greifbar. Emlion versuchte, mit seinen Kameraden ins Gespräch zu kommen, doch die meisten schienen in Gedanken versunken oder waren einfach nicht interessiert. Jedes Mal, wenn er einen Schritt näher kam, wurde er mit einem leeren Blick abgewiesen, der ihm das Gefühl gab, als sei er unsichtbar.

Mit jedem Tag, der verging, nagte die Einsamkeit mehr an ihm. Es war, als würde eine unsichtbare Wand zwischen ihm und seinen Kameraden stehen, und das Gefühl, dass etwas Dunkles und Geheimnisvolles über der Kaserne schwebte, ließ ihn nicht los.

Emlion versuchte, seine Sorgen zu ignorieren und sich auf das Training zu konzentrieren, doch die Atmosphäre in der Kaserne war so schwer und bedrückend, dass selbst das Schreien des Ausbilders nicht die düsteren Gedanken vertreiben konnte.

Er stand vor dem Spiegel in seiner kleinen Koje und sah sich an. Die Uniform saß eng, und sein eigenes Gesicht erschien ihm fremd, fast versteinert. Die Angst, nicht dazuzugehören, und die Besorgnis über die seltsamen Geschehnisse um ihn herum trugen dazu bei, dass sich ein Kloß in seinem Hals bildete.

Kapitel 2: Erste Eindrücke

Die ersten Tage in der Kaserne zogen sich für Emlion Ludgong wie Kaugummi. Jedes Morgenrasseln des Wecksignals warf ihn abrupt aus dem Schlaf und ließ ihn mit einem Schreck aufschrecken. Die fluoreszierenden Lampen im Schlafsaal warfen ein grelles Licht auf die Rekruten und verbannten den

Schlaf aus ihren Augen. Emlion wachte auf und fühlte sich, als hätte er die Nacht in einem Albtraum verbracht. Seine Gedanken wirbelten umher, während er versuchte, sich zu sammeln und den Tag zu beginnen.

Beim Anziehen der uniformierten Kleidung fiel ihm auf, wie unangenehm eng sie saß, die Nähte drückten gegen seinen Körper und verstärkten das Gefühl der Unbehaglichkeit. Der Stoff war steif und kratzig, als wolle er seine Bewegungen einschränken. Emlion kämpfte gegen das wachsende Unbehagen in seiner Magengegend an. „Das wird schon", murmelte er leise zu sich selbst, während er in den Spiegel sah. Der junge Mann, der ihn anstarrte, schien einem Bild aus einem anderen Leben zu entstammen – einem Leben, in dem Freiheit und Unbeschwertheit existierten.

Morgensport und Drill

Der Morgensport war eine harte Herausforderung. Emlion folgte dem Rhythmus der anderen Rekruten, die im Gleichschritt marschierten. Der Geruch von frischer Luft wurde von dem schweren Duft von Schweiß und Anstrengung überlagert, der in der Luft hing. Die starren, unpersönlichen Gesichter der anderen Soldaten waren wie ein Schleier aus Kälte, der ihn umhüllte. Er konnte ihre Gedanken nicht lesen, doch das Gefühl, dass sie ihn als Eindringling betrachteten, nagte an ihm.

„Weiter, weiter!", rief der Ausbilder mit dröhnender Stimme, während er seine Soldaten anfeuerte. Emlion spürte, wie sein Herz schneller schlug und die Beine zu brennen begannen. Die körperlichen

Herausforderungen waren unerbittlich, und doch war es nicht die körperliche Anstrengung, die ihm zu schaffen machte – es war das Gefühl der Isolation und des Ausgeliefertseins.

Die starren Gesichter der Kameraden wurden von den grellen Sonnenstrahlen überstrahlt, die durch die Bäume fielen, während sie im scharfen Wind marschierten. In ihren Blicken sah Emlion kein Leben, keine Freude, nur die kalte Bestimmtheit, die ihn frösteln ließ. Es war, als ob sie alle Teil eines unerbittlichen Plans waren, der sie dazu verurteilte, für immer in dieser kalten, mechanischen Welt gefangen zu sein. **Der Drang nach menschlicher Verbindung**

In den wenigen Pausen, die ihm gewährt wurden, versuchte Emlion, mit seinen Kameraden ins Gespräch zu kommen. „Hey, wie lange seid ihr schon hier?" fragte er einen anderen Rekruten, der auf einer Bank saß und mit einem Gummiband spielte. Der Mann hob nur den Blick und antwortete mit einem knappen Nicken, bevor er sich wieder abwandte. Emlion fühlte sich zurückgeworfen, als wäre er in eine Wand gelaufen.

Der Unmut, der in ihm wuchs, vermischte sich mit der Neugier über die Geschehnisse in der Kaserne. Er hatte von anderen Rekruten gehört, dass es Dinge gab, die man nicht wissen sollte, und das nagte an seiner Neugier. Immer wieder huschte der Gedanke durch seinen Kopf, dass die Soldaten um ihn herum etwas verbargen. Irgendetwas, das tiefer ging als die einfachen Regeln des Dienstes.

Der Schatten der Dellen

Besonders die Offiziere fesselten Emlions
Aufmerksamkeit. Ihre Köpfe, von merkwürdigen Dellen
durchzogen, hatten eine fremdartige Erscheinung.
Diese Dellen schimmerten im Licht der Kaserne und
schienen Geschichten von Geheimnissen zu erzählen,
die die Soldaten nicht preisgeben wollten. Emlion
versuchte, sich nicht von diesen Gedanken ablenken
zu lassen, doch die Neugier über die Hintergründe
dieser merkwürdigen Anomalien ließ ihn nicht los.

War es eine Art Verletzung? Ein Zeichen von etwas, das
er nicht verstand? Je mehr Emlion darüber
nachdachte, desto unruhiger wurde er. Die starren
Mienen der Offiziere, die sich über die Rekruten
beugten, erinnerten ihn an Drachen, die auf Beute
lauerten. Der Gedanke, dass die Dellen
möglicherweise ein Hinweis auf ein dunkles Geheimnis
waren, ließ ihn frösteln.

Eine Welt voller Fragen

In den Nächten, wenn Emlion alleine in seiner Koje lag,
quälten ihn die Fragen. Was geschah wirklich in dieser
Kaserne? Warum fühlte es sich an, als würde eine
dunkle Präsenz über ihnen schweben? Er konnte die
Bilder der Soldaten nicht aus seinem Kopf bekommen –
wie sie in der Morgensonne marschierten, wie Roboter,
und wie ihre leeren Blicke ihn anstarrten.

Jede Dunkelheit, die durch die Fenster drang, schien
ihm Geschichten zuzuflüstern – Geschichten von
verlorenen Seelen und geheimen Experimenten, die hier
stattfinden könnten. Emlion wusste, dass er nicht einfach

wegsehen konnte. Etwas musste ihn an diesen Ort bringen, und er war fest entschlossen, das Geheimnis zu lüften.

Kapitel 3: Ein seltsames Gerücht

Emlion konnte die drückende Atmosphäre in der Kaserne nicht länger ignorieren. Während er durch die Gänge schlenderte und den monotonen Alltagsgeräuschen lauschte, hörte er geflüsterte Gespräche, die in den Schatten der Flure verstummten, sobald er näher kam. Die Rekruten um ihn herum wirkten zunehmend distanziert und sprachen oft in einem geheimnisvollen Tonfall, der ihm die Nackenhaare aufstellte.

Die erste Andeutung

Eines Morgens während des Frühstücks an der langen, schlichten Tafel in der Messe hörte Emlion zwei Soldaten, die leise über seltsame Vorkommnisse sprachen. „Hast du gehört, dass einer der neuen Rekruten verschwunden ist?", fragte der eine, während er hastig einen Bissen seines Frühstücks kaute.

„Ja, sie sagen, dass er nicht zurückkam, nachdem er für einen Nachtposten eingeteilt war", murmelte der andere, seine Stimme kaum mehr als ein Flüstern. Emlion hielt den Atem an. Verschwundene Rekruten? Das klang wie der Beginn eines schrecklichen Albtraums. Doch die beiden Männer schwiegen, als Emlion sich näherte, und ihre Blicke wurden leer, als würden sie sich in eine andere Welt zurückziehen.

Ein Schatten aus der Dunkelheit

An einem anderen Abend, während die Dämmerung über der Kaserne lag und die Lichter in den Fenstern zu flackern begannen, hatte Emlion das Gefühl, dass die Kaserne lebte. Die Geräusche der Soldaten, die sich auf ihre Nachtschichten vorbereiteten, klangen wie das Wispern von Schatten. Es war, als ob das Gebäude selbst Geheimnisse in seinen Mauern verborgen hielt, und Emlion fühlte sich von einer unsichtbaren Kraft angezogen, die ihn aufforderte, mehr herauszufinden.

Die Geschichten über die verschwundenen Rekruten schienen sich zu verdichten. Emlion konnte nicht anders, als sich Fragen zu stellen: Was passierte mit ihnen? Waren sie einfach weggegangen, oder gab es etwas Dunkles, das sie gefangen hielt? Je mehr er darüber nachdachte, desto stärker wurde der Drang, die Wahrheit zu erfahren.

Die verbotene Neugier

Eines Nachts, als die Kälte der Kaserne durch die Wände sickerte und die Dunkelheit ihn zu umarmen schien, entschloss sich Emlion, mehr zu erfahren. Er konnte nicht einfach in dieser Ungewissheit leben. Es musste einen Grund für die Abwesenheit seiner Kameraden geben, und er war fest entschlossen, den geheimnisvollen Zusammenhang zu erkunden.

Während die anderen Rekruten sich in ihre Betten zurückzogen und der Schlaf die Kaserne in eine erdrückende Stille hüllte, schlich Emlion leise durch die Gänge. Er lauschte den Geräuschen der Dunkelheit, als ob sie ihm die Geheimnisse der Kaserne zuflüsterten. Seine Schritte waren vorsichtig, seine Sinne geschärft. Das Adrenalin pumpte in seinen Adern, während er sich der möglichen Entdeckung näherte.

Die Vorahnung einer Entdeckung

Je näher er dem Ende des Ganges kam, desto deutlicher konnte er die murmeltöne hören. Emlion spürte, wie das Herz in seiner Brust hämmerte, als er sich in den Schatten versteckte und die Szene beobachtete, die sich vor ihm abspielte.

Eine Gruppe von Soldaten, die er zuvor beobachtet hatte, stand eng beisammen und flüsterte miteinander. Ihre Gesichter waren in der Dunkelheit kaum zu erkennen, aber Emlion konnte die Spannung in ihren Körperhaltungen spüren. Was waren sie zu besprechen, das so geheim war, dass sie sich nicht einmal im Hellen zeigen wollten?

Das Murmeln wurde intensiver, und Emlion konnte einige Worte auffangen – „verschwunden", „Schacht" und „nicht gesehen". Ein Schauer lief ihm über den Rücken, als er erkannte, dass sich das Geheimnis um die Kaserne weiter vertiefte. Die Dunkelheit schien ihn anzuziehen, und Emlion wusste, dass er die Wahrheit herausfinden musste, egal, welche Konsequenzen es für ihn haben mochte.

Kapitel 4: Der geheimnisvolle Schacht

Emlion Ludgong konnte die drückende Atmosphäre der Kaserne nicht mehr ertragen. Die unerklärlichen Vorkommnisse und die mysteriösen Dellen an den Köpfen der Offiziere hatten ihn aufgewühlt. Die

Ungewissheit, die in der Luft lag, nagte an seiner Neugier und ließ ihm keine Ruhe. Eines Abends, als er seine Schicht bei den Müllcontainern hatte, fand er sich in einer beunruhigenden Situation wieder.

Der Weg zur Dunkelheit

Er schob die Mülltonnen zur Seite und sah, wie die Dämmerung über der Kaserne hereinbrach. Die grauen Gebäude, die am Horizont in der Abendsonne verschwammen, schienen ihn zu beobachten. Während er den Müll ablegte, bemerkte er eine Gruppe von Soldaten, die sich in der Nähe eines alten Schachts versammelt hatte. Sie standen im Halbschatten, ihre Gesichter durch das schwache Licht nur vage erkennbar. Ihre Körperhaltung war angespannt, als würden sie auf etwas oder jemanden warten.

Neugierig schlich Emlion näher heran, seine Sinne waren geschärft. Er hörte das leise Murmeln ihrer Stimmen, doch die Worte drangen nicht zu ihm durch. Etwas in ihm sagte ihm, dass er sich zurückziehen sollte, dass er das Geheimnis der Soldaten nicht ergründen sollte. Doch das Verlangen, mehr zu erfahren, war zu stark.

Die Stille vor dem Sturm

Die Luft war schwer und schien vor Spannung zu knistern. Emlion konnte die Nervosität in den Bewegungen der Soldaten spüren. Sie schauten sich immer wieder nervös um, und als eine dunkle Wolke über den Mond zog, schien die Kälte noch intensiver zu werden. Emlion hielt den Atem an, als er eine Bewegung wahrnahm: Ein

Offizier trat hervor und begann, leise Anweisungen zu geben.

„Schnell, bevor jemand kommt!" hörte er ihn sagen, und die anderen Soldaten begannen, sich um den Schacht zu versammeln. Emlion spürte, wie sein Herz raste. Was war so wichtig, dass sie es vor den anderen verbergen mussten? Und warum fühlte es sich an, als ob er in einen Strudel aus Dunkelheit und Gefahr hineingezogen wurde?

Er schlich sich näher und fand einen Platz hinter einer der Mülltonnen, um das Geschehen besser beobachten zu können. Der Schacht war alt und rostig, und Emlion fragte sich, was sich in den Tiefen verbarg. Die Soldaten, die sich um den Rand drängten, schienen wie getrieben von einer unsichtbaren Kraft. Was hatten sie entdeckt?

Ein kurzer Blick ins Unbekannte

Plötzlich, in einem Moment der Unachtsamkeit, trat einer der Soldaten näher an die Kante des Schachts, und Emlion konnte einen Blick auf die dunkle Öffnung erhaschen. Ein kalter Schauer lief ihm über den Rücken. Der Geruch von Moder und Verwesung schien aus der Tiefe zu steigen, und Emlion fühlte, wie sich sein Magen umdrehte. Er wollte sich abwenden, doch seine Neugier hielt ihn fest.

Die Soldaten murmelten etwas in einer unverständlichen Sprache, und Emlion hörte das Geräusch von Metall auf Metall, gefolgt von einem dumpfen Geräusch, das die Stille der Nacht durchbrach. Er konnte sehen, wie ein weiterer Soldat

sich über die Kante beugte und etwas in die Tiefe warf.
Das Geräusch, das folgte, war wie ein Aufprall auf
etwas Weiches. Emlion presste die Hände vor den
Mund, um den Schock nicht laut werden zu lassen.

Ein Gefühl der Bedrohung

Er wusste, dass er sich zurückziehen musste. Die
Dunkelheit und das Geheimnis des Schachts hatten ihn
in ihren Bann gezogen, aber die Angst, entdeckt zu
werden, war überwältigend. Langsam bewegte er sich
zurück und wollte sich gerade umdrehen, als er das
Geräusch von Schritten hinter sich hörte.

In diesem Moment fror er ein. Das Geräusch wurde
lauter, und Emlion fühlte das Adrenalin in seinen Adern
pumpen. Er hielt den Atem an, während er die Gestalt
eines Wachsoldaten sah, der auf ihn zukam. In der
Dunkelheit war es unmöglich, die Miene des Soldaten
zu erkennen, doch die Spannung in der Luft war
greifbar. Emlion wusste, dass er schnell handeln musste,
wenn er nicht in das Netz aus Geheimnissen und Lügen
geraten wollte.

Mit einem Satz sprang er hinter die Mülltonnen und
drückte sich gegen die kalte Wand. Er hielt den Atem
an und lauschte dem Soldaten, der näher kam. Das
klackende Geräusch seiner Stiefel hallte durch die
Nacht, und Emlion spürte, wie sein Herz in seiner Brust
hämmerte.

In diesem Moment wurde ihm klar, dass er nicht nur
gegen die Einsamkeit der Kaserne kämpfte, sondern
auch gegen die Schatten, die in den Tiefen lauerten.
Die Dunkelheit schien ihn zu umarmen, während er

versuchte, die Geschehnisse zu begreifen, die sich vor seinen Augen entfalteten.

Kapitel 5: Unruhige Nächte

Die Kaserne war still, als Emlion Ludgong in seiner Koje lag und auf das monotone Geräusch seiner eigenen Atmung hörte. Die Dunkelheit umhüllte ihn wie ein dicker Schleier, und die Gedanken an die geheimnisvollen Vorkommnisse in der Kaserne ließen ihm keine Ruhe. Die Bilder der Soldaten, die über den weinenden jungen Mann gebeugt waren, schossen ihm immer wieder durch den Kopf. Emlion konnte den Blick der Männer nicht vergessen – kalt, leer und voller unheimlicher Entschlossenheit.

Gespenstische Gedanken

In den Nächten, in denen er nicht schlafen konnte, quälten ihn Fragen. Was war in dieser Kaserne geschehen? Warum waren die anderen Rekruten so unnahbar? Emlion hatte das Gefühl, dass er in einer Welt gefangen war, die von Geheimnissen durchdrungen war – und das Gefühl, dass er der Einzige war, der das Geheimnis nicht kannte, nagte an ihm.

Die Schatten im Raum schienen sich mit seinen Ängsten zu vermischen. Jedes Mal, wenn ein Geräusch die Stille durchbrach – das Knarren der Holzplanken oder das entfernte Murmeln der Soldaten in der Nacht – sprang sein Herz vor Schreck in die Höhe. Emlion schloss die Augen, versuchte, sich von den Gedanken zu befreien, doch die Bilder blieben.

Er wollte nicht paranoid erscheinen, aber die Atmosphäre in der Kaserne war anders. Die starren Gesichter der Soldaten, die kalten Blicke der Offiziere – es war, als wäre er in einen Albtraum eingetaucht, aus dem es kein Entkommen gab. Es gab etwas, das sich hinter der Fassade verbarg, etwas, das tief in den Mauern der Kaserne schlummerte und nur darauf wartete, entdeckt zu werden.

Die Entscheidung

In einer dieser schlaflosen Nächte, als die Dunkelheit sich wie ein schwerer Mantel um ihn legte, traf Emlion eine Entscheidung. Er konnte nicht länger untätig zusehen. Die Neugier, die in ihm brannte, war stärker als seine Angst. Er musste die Wahrheit über die Kaserne erfahren, egal, welche Konsequenzen das haben könnte.

„Ich kann nicht aufgeben", murmelte er leise zu sich selbst. „Ich muss wissen, was hier vor sich geht." Die Worte waren wie ein Versprechen, das er sich selbst gab. Emlion war fest entschlossen, sich der Dunkelheit zu stellen, die über der Kaserne schwebte.

In den folgenden Nächten beobachtete er die Soldaten, versuchte, ihre Bewegungen und ihre Gespräche zu analysieren. Es war nicht einfach, denn die anderen Rekruten schienen ihn nicht zu beachten. Emlion musste vorsichtig sein; ein Fehltritt könnte ihn in große Schwierigkeiten bringen. Aber je mehr er beobachtete, desto mehr erkannte er, dass etwas Unheimliches im Gange war.

Ein Traum von Freiheit

Eines Nachts träumte Emlion von Freiheit. Er sah sich selbst in einem hellen, sonnendurchfluteten Feld, umgeben von Lachen und Freude. Die Gesichter der Soldaten, die ihn in der Kaserne umgaben, verschwanden und wurden durch die vertrauten Gesichter von Freunden und Familie ersetzt. In seinem Traum fühlte er sich leicht und unbeschwert, und der Druck, der ihn in der Kaserne erdrückte, fiel von ihm ab.

Doch als er aufwachte, war er erneut von der Kälte der Kaserne umgeben. Das monotone Geräusch des Wecksignals drang in seine Gedanken, und die Dunkelheit schien ihn zu verspotten. Er konnte die Freiheit nicht erreichen, solange die Geheimnisse der Kaserne ihn festhielten.

Der Kampf gegen die Dunkelheit

Emlion wusste, dass er aktiv werden musste. Er konnte nicht nur warten und hoffen, dass sich die Dinge ändern würden. Mit jedem Tag, der verging, wurde die Dunkelheit um ihn herum dichter, und die Geheimnisse der Kaserne schienen sich um ihn zu schließen.

Die Fragen, die ihn quälten, und die Bilder, die ihn verfolgten, ließen ihm keine Ruhe. In der Dunkelheit seiner Koje fand er sich oft in Gedanken verloren, auf der Suche nach Antworten, die er nicht hatte. Und doch war er fest entschlossen, die Dunkelheit zu durchdringen, die Kaserne zu erkunden und die Geheimnisse zu lüften, die in den Schatten auf ihn warteten.

Kapitel 6: Der Abstieg

Die Dunkelheit war jetzt Emlion Ludgongs ständiger Begleiter. Seine Entscheidung, die geheimen Vorkommnisse in der Kaserne zu erforschen, hatte ihn in einen Strudel aus Angst und Neugier gestürzt. Nach Tagen der unruhigen Nächte war die Zeit gekommen, sich dem unbekannten Schacht zu nähern, der ihm im Kopf spukte.

Der Plan

Mit einem Kloß im Hals und einem kribbelnden Gefühl in der Magengegend schlich Emlion sich in der Nacht aus seiner Koje. Der Weg zum Schacht war ein ständiger Kampf gegen die Furcht, die sich in ihm zusammenbraute. Während er die dunklen Flure entlangging, hallte das Geräusch seiner eigenen Schritte durch die Stille. Jedes Knacken des Holzes unter seinen Füßen fühlte sich an, als würde es durch den Raum schallen, als wollte die Kaserne ihn warnen, umzukehren.

Er hatte sich einen Plan gemacht. Der Schacht war tief im Inneren der Kaserne verborgen, und obwohl die Wache ihn fast immer im Blick hatte, war die Nacht seine Verbündete. Emlion hatte darauf gewartet, dass die Dunkelheit seine Bewegungen verbarg. Während er sich näherte, war er fest entschlossen, die Wahrheit zu finden – koste es, was es wolle.

Die Kälte des Schachts

Als er den Schacht erreichte, war es so, als wäre die Welt um ihn herum verschwunden. Der Geruch von fauligem Wasser und Verwesung stieg ihm in die Nase und ließ ihn

für einen Moment innehalten. Emlion blickte in die
Dunkelheit und sah die Leiter, die in die
Tiefe führte. Ein kalter Schauer lief ihm über den
Rücken. Der Gedanke daran, was ihn dort unten
erwarten könnte, ließ ihn frösteln, doch die Neugier
trieb ihn an. Er war bereit, das Unbekannte zu betreten.

Mit einem tiefen Atemzug griff Emlion nach der Leiter
und begann, hinunterzuklettern. Die Sprossen waren
kalt und rutschig, und er musste sich festhalten, um
nicht abzurutschen. Die Dunkelheit schloss sich um ihn,
und mit jedem Schritt in die Tiefe fühlte er, wie sich die
Angst in ihm zu einer erdrückenden Last entwickelte.

Die Entdeckung des Unheimlichen

Unten angekommen, war der Gestank intensiv und
überwältigend. Emlion konnte kaum atmen, während
er sich in den schwachen Lichtstrahlen umblickte, die
durch die Ritzen der Wände fielen. Der Raum war klein
und feucht, und in der Ecke entdeckte er eine
Ansammlung von Schatten. Sein Herz raste, als er
näher trat.

Dort, in der Dunkelheit, konnte er die Umrisse von
Objekten erkennen, die auf dem Boden verstreut
lagen. Es waren Reste, die er nicht identifizieren konnte
– und die Kälte des Ortes schien umso erdrückender, je
mehr er sah. Emlion fühlte sich wie ein Eindringling in
eine andere Welt, einer Welt, die von Geheimnissen
und Gefahren durchzogen war.

Geräusche drangen an sein Ohr – ein leises
Schmatzen, das ihm den Atem stocken ließ. Emlion
erstarrte. Es war, als würde die Dunkelheit um ihn

herum lebendig werden. Verwirrte Gedanken
durchzogen seinen Kopf.

Was war hier los? Warum hatte er sich in diese Situation
gebracht?

Das Grauen entfaltet sich

Er schlich vorsichtig weiter, der Drang, den Ursprung des
Geräuschs zu entdecken, war stärker als seine Angst.
Emlion erreichte einen weiteren Raum, und als er
seinen Kopf um die Ecke neigte, erstarrte ihm das Blut in
den Adern. Das Bild, das sich ihm bot, war so
grauenhaft, dass er kaum glauben konnte, was er sah.

Eine Gruppe von Soldaten beugte sich über einen
jungen Mann, der gefesselt auf dem Boden lag. Emlion
konnte den verzweifelten Ausdruck auf dem Gesicht des
Mannes sehen, seine Augen weit aufgerissen, als er
schrie und um Hilfe bat. Emlion wollte sich abwenden,
doch seine Füße schienen wie angewurzelt auf dem
Boden zu stehen.

Die Soldaten, in ihren grauen Uniformen, waren in
einen schrecklichen Akt verwickelt. Sie rissen Stücke aus
dem Körper des Mannes, der um sein Leben kämpfte.
Der schreckliche Anblick schnitt Emlion wie ein Messer
ins Herz.

Der Schock

Ein erstickter Schrei entfuhr seinen Lippen, als die
Soldaten sich plötzlich umdrehten und ihn mit kalten,
leeren Blicken anstarrten. Emlion spürte, wie die Kälte der
Dunkelheit ihn umhüllte, und der Instinkt der Flucht

überkam ihn. Mit einem letzten Blick auf das Grauen hinter ihm rannte er.

Die Leiter erschien vor ihm wie ein rettender Lichtstrahl. Er kletterte hastig hinauf, seine Hände glitten über die kalten Sprossen, und das Geräusch seiner eigenen Atmung war wie ein wildes Tier in seiner Brust. Oben angekommen, fiel er aus dem Schacht und taumelte, als die Kälte der Nacht ihn umhüllte.

Emlion fiel auf die Knie, die Panik über das Gesehene trieb ihm die Tränen in die Augen. Was hatte er gerade erlebt? Die Realität schien sich vor ihm aufzulösen, während die Bilder des Grauens in seinem Kopf brannten. Er wusste, dass er nicht länger in dieser Kaserne bleiben konnte, dass er Antworten brauchte, um die Dunkelheit, die über dem Standort Torgelow schwebte, zu vertreiben.

Kapitel 7: Das Grauen

Emlion saß auf der kalten Erde, während der Schock von dem, was er gerade gesehen hatte, wie eine bleierne Decke auf ihm lag. Die Dunkelheit um ihn herum schien sich zu verdichten, und die Schreie des jungen Mannes hallten in seinem Kopf wider. In diesem Moment wurde ihm klar, dass er in etwas viel Größeres und Unheimlicheres verwickelt war, als er je erwartet hatte.

Die Gedanken wirbeln

„Was war das? Was ist hier los?" Diese Fragen kreisten in
seinem Kopf, während er sich versuchte, zu beruhigen.
Der Anblick der Soldaten, die wie hungrige Raubtiere
über den weinenden Mann herfielen, ließ ihn nicht los.
Emlion hatte den Drang zu fliehen verspürt, aber die
Bilder brannten sich tief in seine Erinnerungen ein und
verhinderten, dass er zur Ruhe kam.

Sein Herz hämmerte noch immer in seiner Brust, und die
Kälte der Nacht schnitt durch seine Uniform. Emlion fühlte,
wie sich ein Kloß in seiner Kehle bildete. Die Kaserne, die
er einst als eine Stätte der Ehre und des
Dienstes betrachtet hatte, verwandelte sich in einen Ort
des Grauens. Er hatte ein Geheimnis entdeckt, das er
nie hätte finden dürfen, und es war unwiderruflich in
sein Bewusstsein eingedrungen.

Ein gewagter Plan

Mit zitternden Händen richtete er sich auf und lehnte sich
gegen die Wand des Schachts, der ihm wie ein Tor zur
Hölle erschien. Emlion wusste, dass er nicht alleine sein
konnte. Er musste herausfinden, ob jemand anderes in
der Kaserne das Gleiche gesehen hatte, ob es andere
gab, die ebenfalls das Grauen erlitten hatten.

Die ersten Schritte in der Dunkelheit schienen endlos zu
sein. Der Gedanke, dass die Soldaten ihm
möglicherweise gefolgt waren, ließ ihn die Flucht
antreten. Er musste zurück in seine Koje, um zu planen,
wie er diese Information nutzen konnte, um die
anderen Rekruten zu warnen. Doch die Frage war,
wem er vertrauen konnte.

Die Rückkehr in die Koje

Auf dem Weg zurück in seine Koje war Emlion in ständiger Alarmbereitschaft. Die hallenden Geräusche der Kaserne schienen lebendig zu sein, und er spürte das Dröhnen seiner eigenen Gedanken. Er wollte nicht glauben, dass die Soldaten in der Lage waren, solch eine Grausamkeit zu zeigen, doch der schreckliche Anblick ließ sich nicht mehr aus seinem Kopf vertreiben.

Endlich erreichte er seine Koje und schloss die Tür hinter sich. Das vertraute Bild seiner Schlafstätte bot keinen Trost mehr. Die Kissen schienen ihn auszulachen, und die Wände um ihn herum schienen sich zusammenzuziehen, als wollten sie ihn erdrücken. Emlion setzte sich auf die Kante seiner Koje und vergrub das Gesicht in den Händen.

Angst und Entschlossenheit

Die Dunkelheit um ihn herum wurde zur Kulisse seiner Ängste. Die Schreie des jungen Mannes hallten in seinem Kopf wider, und Emlion fühlte sich machtlos. Die Kälte der Kaserne war nicht nur physisch; sie war ein Zeichen für das, was in den Herzen seiner Kameraden lebte. Es gab kein Entkommen mehr. Die Kaserne war nicht mehr der Ort, an dem er seine Ausbildung absolvieren wollte; sie war ein Ort des Schreckens, und er wusste, dass er handeln musste.

Emlion nahm einen tiefen Atemzug und stand auf. Er konnte nicht einfach dasitzen und abwarten, dass die Dunkelheit ihn verschlang. Er musste Verbündete finden, Menschen, die er vertrauen konnte, und er musste die

Wahrheit herausfinden – nicht nur für sich selbst,
sondern auch für die anderen Rekruten.

Mit einem festen Entschluss verließ er die Koje und
machte sich auf den Weg, die Soldaten zu beobachten.
Es war an der Zeit, sein eigenes Spiel zu spielen und zu
versuchen, das Geheimnis, das die Kaserne umgab, zu
lüften.

Kapitel 8: Der Schrecken der Wahrheit

Die Kälte der Nacht schien Emlion Ludgong zu
verfolgen, während er durch die Flure der Kaserne
schlich. Seine Gedanken waren wie ein wilder Sturm, der
in seinem Kopf tobte. Der Anblick des jungen Mannes,
der von den Soldaten gequält wurde, hatte sich in sein
Gedächtnis eingebrannt und ließ ihn nicht los. Er war
fest entschlossen, die Wahrheit zu enthüllen, die hinter
den Mauern dieser Kaserne verborgen lag, und das,
was er gesehen hatte, nicht einfach zu ignorieren.

Die Suche nach Verbündeten

In den nächsten Tagen beobachtete Emlion seine
Kameraden genau. Er versuchte, die anderen
Rekruten in Gespräche zu verwickeln, in der Hoffnung,
dass jemand etwas über die seltsamen Vorkommnisse
wusste. Doch die Antworten waren stets ausweichend,
und die Unnahbarkeit der Soldaten machte es ihm
schwer, eine Verbindung aufzubauen. Jeder schien in
seiner eigenen Welt gefangen, die von Furcht und
Geheimnissen geprägt war.

Ein Abend, als Emlion in der Kantine saß, fiel sein Blick auf einen anderen Rekruten – Samuel, einen ruhigen, nachdenklichen Typen, der oft in der Ecke allein aß. Emlion hatte das Gefühl, dass Samuel mehr wusste, als er zugab. Als sie einander schließlich in der Menge begegneten, fasste Emlion den Mut, ihn anzusprechen.

„Samuel, hast du auch diese Geschichten über die verschwundenen Rekruten gehört?", fragte er leise, um keine Aufmerksamkeit auf sich zu ziehen. Samuel sah ihn mit einem skeptischen Blick an, bevor er leise antwortete: „Ja, aber lass uns nicht darüber reden. Es ist besser, sich nicht einzumischen."

Ein unheimliches Gespräch

Emlion spürte, dass er mehr aus Samuel herausholen musste. „Aber ich kann nicht aufhören, darüber nachzudenken. Die Soldaten wirken so… verändert. Und diese Dellen an den Köpfen der Offiziere… ich mache mir Sorgen."

Samuel schüttelte den Kopf und senkte die Stimme weiter. „Du bist neu hier, Emlion. Es gibt Dinge, die man besser nicht wissen sollte. Diese Kaserne hat Geheimnisse, die tief in der Dunkelheit verborgen sind.

Es ist besser, sie zu ignorieren, als sich selbst in Gefahr zu bringen."

Emlion konnte die Warnung in Samuels Worten hören, doch die Neugier in ihm war stärker. „Was ist mit den Soldaten? Was machen sie da unten im Schacht?" Samuel zögerte, und Emlion konnte sehen, wie sich der Ausdruck auf seinem Gesicht veränderte.

„Ich… ich habe etwas gehört, aber es ist nur ein Gerücht."

Die Entscheidung zur Konfrontation

In diesem Moment wurde Emlion klar, dass er nicht weiterwarten konnte. Die Dunkelheit in der Kaserne musste bekämpft werden. Er musste Samuel überzeugen, sich ihm anzuschließen und gemeinsam die Wahrheit zu entdecken. „Wenn wir zusammenarbeiten, könnten wir herausfinden, was hier wirklich vor sich geht. Ich kann nicht alleine weitermachen", drängte er.

Samuel zögerte, aber das Feuer der Entschlossenheit in Emlions Stimme schien ihn zu erreichen. „Okay, ich bin dabei. Aber wir müssen vorsichtig sein. Die Soldaten sind nicht wie wir. Sie haben etwas… Unheimliches an sich."

Emlion nickte, und sie schlossen einen stillen Pakt. Sie würden das Geheimnis der Kaserne gemeinsam aufdecken, egal, was es kosten würde. In der Dunkelheit des Abends machten sie sich auf den Weg zurück zur alten Umgebung des Schachts. Emlion fühlte, wie das Adrenalin in seinen Adern pulsierte. Das Grauen, das sie möglicherweise entdeckten würden, war ihm bewusst, aber die Sehnsucht nach Antworten war stärker.

Der Plan zur Entdeckung

Gemeinsam planten sie, in der folgenden Nacht in die Tiefe zu klettern und die Geheimnisse zu lüften, die sich dort verbargen. Samuel hatte Emlion von einer alten Karte erzählt, die angeblich geheime Tunnel und

Zugangspunkte zur unterirdischen Infrastruktur der Kaserne zeigte. Es war ein gewagter Plan, aber in der Dunkelheit der Kaserne schien jede Entscheidung, die sie trafen, von einer übergreifenden Dunkelheit beeinflusst zu werden.

In dieser Nacht konnten Emlion und Samuel kaum schlafen. Ihre Gedanken waren gefüllt mit der Vorstellung von dem, was sie entdecken könnten. Die Vorfreude mischte sich mit einer tiefen, nagenden Angst. Emlion wusste, dass der bevorstehende Abstieg in den Schacht sie auf eine gefährliche Reise führen würde, und er war entschlossen, die Dunkelheit mit seinem eigenen Licht zu durchdringen.

Kapitel 9: Die Flucht

Die Dunkelheit der Nacht umhüllte Emlion Ludgong und Samuel wie ein undurchdringlicher Schleier, während sie sich leise zur alten Leiter des Schachts schlichen. Emlion fühlte, wie das Adrenalin durch seine Adern rauschte, und er konnte den nervösen Druck in seiner Brust kaum ignorieren. Sie hatten sich vorgenommen, die geheimen Vorkommnisse zu ergründen, und nun war die Zeit gekommen, diesen Plan in die Tat umzusetzen.

Der Abstieg in die Dunkelheit

Mit einer Entschlossenheit, die ihn überraschte, griff Emlion nach der rissigen Leiter und begann, hinunterzuklettern. Samuel folgte ihm, seine Schritte leise und vorsichtig. Die Dunkelheit schien lebendig zu sein, ein waberndes Wesen, das sie umhüllte und die Umgebung unsichtbar machte. Emlion spürte, wie die

Kälte in die Knochen kroch, als sie tiefer in die
Dunkelheit vordrangen.

Als Emlion den Boden erreichte, umgab ihn der faulige
Geruch, der ihn bei seinem letzten Besuch fast
überwältigt hatte. Samuel war dicht hinter ihm, und sie
schalteten ihre Taschenlampen ein. Das Licht schnitt
durch die Dunkelheit und beleuchtete die schmutzigen
Wände des Schachts. Emlion schaute sich um und spürte
ein erneutes Ziehen der Angst in seiner Brust.

Die Geräusche der Nacht

Sie bewegten sich vorsichtig weiter, jeder Schritt ein Risiko.
Die Geräusche, die sie hörten, waren verstörend.
Emlion dachte an die Schreie des weinenden Mannes und
an das Grauen, das er dort unten gesehen hatte.
Es war still, aber diese Stille war nicht beruhigend.
Stattdessen fühlte es sich an, als würde die Dunkelheit
auf sie warten, bereit, ihre Geheimnisse preiszugeben –
oder sie zu verschlingen.

„Wir sollten nicht zu weit gehen", flüsterte Samuel, als
sie einen weiteren Raum erreichten. „Wir wissen nicht,
was uns hier erwartet." Emlion nickte, aber die Neugier
in ihm war stärker. Er wollte wissen, was in diesem
geheimen Bereich vor sich ging, was die Soldaten dort
taten, während die anderen Rekruten schlafend in
ihren Betten lagen.

Der unerwartete Anblick

Plötzlich hörten sie ein leises Geräusch, ein leichtes
Rascheln, gefolgt von einem tiefen, gurgelnden Laut.

Emlion und Samuel hielten inne und sahen sich an, die Augen weit aufgerissen. Der Klang war unheimlich und schien aus einem anderen Raum zu kommen. Sie schlichen sich näher, das Herz pochte ihnen bis zum Hals.

Als sie um die Ecke schauten, stockte Emlion der Atem. Ein düsteres, groteskes Bild bot sich ihnen dar. Mehrere Soldaten hatten sich um einen großen, runden Tisch versammelt, und auf dem Tisch lag eine Art… Etwas, das Emlion nicht identifizieren konnte. Es war blass und unheimlich – und die Soldaten schienen sich wie hungrige Wölfe darüber zu beugen.

„Das… das ist unmöglich", murmelte Samuel, als Emlion einen Schritt weiter vor trat. Das Licht seiner Taschenlampe fiel auf das Gesicht eines Soldaten, der sich zu ihnen umdrehte. Die Augen des Mannes waren leer und glanzlos, und die Dellen auf seinem Kopf schimmerten im schwachen Licht.

Der Zusammenbruch der Realität

Emlion konnte nicht glauben, was er sah. „Wir müssen hier weg", flüsterte Samuel, doch Emlion war wie gelähmt. Er fühlte sich, als würde er in einen Albtraum sinken. Die Soldaten begannen, sich in seine Richtung zu drehen, und Emlion spürte, wie die Angst in ihm aufstieg.

Mit einem Ruck kam er wieder zu sich. „Lauf!" schrie er und drehte sich um. Samuel folgte ihm, während sie den Flur entlang rannten. Ihre Schritte hallten in der Dunkelheit wider, und Emlion fühlte, wie die Kälte der Kaserne ihn ergriff. Er musste entkommen, musste die Dunkelheit hinter sich lassen.

Der Kampf um die Flucht

Sie rannten, bis sie die Leiter erreichten. Emlion sprang
als Erster hinauf und zog sich hastig hoch, gefolgt von
Samuel, dessen Atem schwer und angestrengt klang.
Emlion fühlte die Kälte des Metalls unter seinen Händen
und das Dröhnen seines Herzens in der Brust. Er konnte
die Soldaten hinter sich hören, das Geräusch von
Stiefeln, die gegen den Boden prallten, während sie ihm
folgten.

Oben angekommen, sprang er aus dem Schacht und
fiel auf den Boden, die Kälte der Nacht war schneidend.
Samuel war direkt hinter ihm, und beide kämpften sich
auf die Beine. „Wo hin?" keuchte
Samuel, während sie hastig in die Dunkelheit rannten.

Emlion hatte keine Zeit, nachzudenken. Der Drang zu
fliehen, das Verlangen, die Kaserne hinter sich zu
lassen, trieb ihn weiter. Sie liefen in die Dunkelheit, die
Kälte hinter ihnen und die Schrecken in ihrem Rücken.

Ein Blick zurück

Emlion riskierte einen Blick über die Schulter. Er konnte
die Schatten der Soldaten in der Dunkelheit sehen, sich
zusammenziehen und sich auf sie konzentrieren. Das
Grauen hatte sie gefunden, und die Dunkelheit war
ihnen gefolgt.

Mit einem Adrenalinschub jagte er weiter, bis er
schließlich das Ende der Kaserne erreichte. Die Lichter
waren weit entfernt, und die Stille der Nacht umhüllte
ihn wie ein schützender Mantel. Emlion wusste, dass er
nicht aufgeben durfte. Die Wahrheit wartete darauf,

entdeckt zu werden, und er war fest entschlossen, das
Geheimnis, das die Kaserne umgab, zu lüften.

Kapitel 10: Entschluss und Entdeckung

Die kalte Nachtluft schloss sich um Emlion Ludgong, als
er sich von der Kaserne entfernte. Sein Herz hämmerte in
seiner Brust, und die Schrecken, die er gesehen hatte,
brannten sich in sein Gedächtnis ein. Er konnte die
Dunkelheit hinter sich spüren, als ob sie ihm folgen
würde, und der Drang, zu fliehen, wurde von einer
unstillbaren Neugier überlagert.

Der Entschluss

Emlion wusste, dass er nicht einfach davonlaufen
konnte. Die Bilder des Grauen, die er in den Tiefen der
Kaserne gesehen hatte, ließen ihm keine Ruhe. Er musste
die Wahrheit herausfinden, und er musste herausfinden,
was mit den anderen Rekruten geschehen war.
Vielleicht gab es Antworten in den Schriften oder
Dokumenten, die der Kaserne zugeordnet waren. Wenn
er nur wüsste, wo er suchen sollte.

Sein Kopf war voller Gedanken, während er durch die
Straßen von Torgelow schlich. Die Schatten der Kaserne
wurden in der Dunkelheit immer kleiner, aber die
Erinnerungen an das, was er gesehen hatte, schienen
ihn zu verfolgen. Die Schreie des jungen Mannes, die
starren Gesichter der Soldaten – alles kam ihm wieder
in den Sinn. Emlion wusste, dass er diese Dunkelheit
nicht alleine bekämpfen konnte. Er brauchte Hilfe.

Ein vertrauter Ort

In der Hoffnung auf eine mögliche Hilfe, suchte er die alte Bibliothek auf dem Gelände der Kaserne auf. Das Gebäude war kaum beleuchtet, und die Dunkelheit drang in die Ecken und Winkel. Emlion fühlte sich, als würde er in eine andere Welt eintauchen, während er die Stufen zur Eingangstür hinaufstieg. Er öffnete die Tür, und der muffige Geruch von alten Büchern und Papier schlug ihm entgegen.

„Hier muss es etwas geben", murmelte er zu sich selbst, während er durch die Regale stöberte. Die Schriften der Soldaten und die historischen Dokumente über die Kaserne könnten Hinweise darauf geben, was in den Tiefen verborgen lag. Die Regale waren staubig und unordentlich, als ob sie seit Jahren nicht mehr benutzt worden waren. Emlion zog ein Buch heraus und blätterte durch die Seiten.

Die Aufdeckung von Geheimnissen

Nach einiger Zeit fand er einen Abschnitt über die Gründung der Kaserne und die verschiedenen militärischen Projekte, die dort durchgeführt wurden. Emlion suchte nach Hinweisen auf geheime Experimente oder Abteilungen, die möglicherweise mit den seltsamen Vorkommnissen in Zusammenhang standen. Schließlich stieß er auf einen Eintrag, der sein Interesse weckte.

„Geheime Forschungsabteilung: Projekt Alpha", lautete der Titel. Emlion fühlte, wie sein Puls schneller schlug. Was könnte das bedeuten? Die

Aufzeichnungen sprachen von unkonventionellen Tests, die an Soldaten durchgeführt wurden, um ihre Leistungsfähigkeit zu erhöhen. Doch es gab auch Hinweise auf nicht genehmigte Operationen und „Anpassungen" der Rekruten.
„Was zur Hölle geht hier vor sich?" murmelte Emlion. Er konnte die Gänsehaut auf seinen Armen spüren, als er weiterlas. Das, was er gefunden hatte, schien die Ereignisse, die er erlebt hatte, zu erklären, aber gleichzeitig verstärkte es seine Angst. Diese „Anpassungen" klangen nach dem, was er gesehen hatte – nach etwas, das das Menschliche in den Soldaten in etwas Unheimliches verwandelte.

Ein neuer Plan

Emlion wusste, dass er schnell handeln musste. Die Informationen, die er gefunden hatte, waren der Schlüssel zu dem Geheimnis, das die Kaserne umgab. Er musste Samuel informieren und einen Plan ausarbeiten, um den anderen Rekruten die Wahrheit zu zeigen.

Mit einem letzten Blick auf die Bücherregale und dem Gedanken, dass die Kaserne vielleicht mehr Geheimnisse in sich trug, als er je erahnt hatte, verließ Emlion die Bibliothek. Draußen war die Nacht frisch, und der Mond schien hell über der Kaserne, während er sich auf den Weg machte, um Samuel zu finden.

Emlion war fest entschlossen, die Dunkelheit nicht länger zu fürchten, sondern sie zu bekämpfen. Die Wahrheit musste ans Licht kommen, und er würde nicht ruhen, bis er die Geheimnisse von Torgelow aufgedeckt hatte.

Kapitel 11: Der Wettlauf gegen die Zeit

Emlion Ludgong atmete tief ein, während er durch die dunklen Straßen von Torgelow hastete, um Samuel zu finden. Die Informationen, die er in der Bibliothek entdeckt hatte, waren nicht nur alarmierend, sie waren auch der Schlüssel zu dem, was in der Kaserne geschah. Es war an der Zeit, die anderen Rekruten zu informieren und sie vor dem drohenden Unheil zu warnen.

Die Ungewissheit der Nacht

Die Kälte der Nacht umschloss ihn wie ein schwerer Mantel, und Emlion fühlte sich von einer drückenden Angst erdrückt. Was, wenn die Soldaten ihm gefolgt waren? Was, wenn sie ihn in die Dunkelheit zogen, bevor er die Möglichkeit hatte, die Wahrheit zu teilen? Der Gedanke ließ ihn schneller laufen, die Beine schmerzten, aber die Entschlossenheit trieb ihn voran.

Er erreichte das Wohngebäude der Rekruten, wo er hoffte, Samuel zu finden. Die Wachen waren müde, und das Licht in den Gängen war gedämpft, was ihm half, sich unbemerkt zu bewegen. Emlion klopfte leise an die Tür von Samuels Zimmer, und nach einem kurzen Moment öffnete Samuel, seine Augen weiteten sich vor Überraschung.

„Emlion? Was machst du hier zu dieser Zeit?", fragte Samuel mit besorgter Stimme und zog Emlion schnell ins Zimmer.

Die Dringlichkeit der Situation

Emlion schloss die Tür hinter sich und wandte sich an Samuel, während sein Herz wild pochte. „Ich habe etwas gefunden. In der Bibliothek… es gibt ein geheimes Projekt, das in der Kaserne durchgeführt wird. Es geht um… Anpassungen. Ich glaube, sie experimentieren an uns!"

Samuel wirkte schockiert. „Was? Anpassungen? Was redest du da?"

Emlion trat einen Schritt näher, seine Stimme war leise und drängend. „Ich habe gesehen, was sie tun. Sie haben einen Mann verletzt. Sie… sie reißen Stücke aus ihm heraus, und ich glaube, das hat etwas mit diesen Dellen zu tun. Sie sind nicht mehr menschlich, Samuel!"

Die Furcht in Samuels Augen verriet, dass er die Schwere der Situation verstand. „Wir müssen das sofort melden!", rief Samuel, aber Emlion schüttelte den Kopf.

„Und an wen? Den Offizieren? Glaubst du wirklich, sie werden uns glauben? Wir müssen Beweise finden. Wir müssen die anderen warnen, bevor es zu spät ist."

Der Plan zur Aufklärung

Samuel nickte langsam. „Okay, was hast du im Sinn?"

„Wir müssen eine Gruppe zusammenstellen. Jemand, dem wir vertrauen können. Vielleicht gibt es andere, die ebenfalls Fragen haben. Wir müssen einen Plan schmieden, um herauszufinden, was wirklich in dieser Kaserne vor sich geht."

Emlion und Samuel machten sich daran, eine Liste von Rekruten zu erstellen, denen sie vertrauen konnten. Es war ein riskantes Unterfangen, denn sie wussten, dass das Risiko, entdeckt zu werden, groß war. Doch die Wahrheit musste ans Licht kommen, und sie waren fest entschlossen, das Geheimnis der Kaserne zu lüften.

Der Kreis schließt sich

In den nächsten Tagen begannen Emlion und Samuel, sich mit anderen Rekruten zu treffen und sie in ihre Pläne einzuweihen. Einige zeigten Interesse, andere jedoch waren skeptisch und wiesen die Geschichten als „Hirngespinste" ab. Doch es gab auch die, die die gleiche Unruhe verspürten, die auch Emlion gequält hatte. Langsam bildete sich ein Kreis von Gleichgesinnten, die bereit waren, sich der Dunkelheit zu stellen.

Eine Nacht, als sie sich in einem verlassenen Raum der Kaserne versammelt hatten, stellte Emlion fest, dass das Gefühl von Gemeinschaft und Unterstützung stärker war als je zuvor. Die Angst war noch immer vorhanden, aber sie hatten sich entschlossen, die Dunkelheit nicht länger zu fürchten.

„Wir müssen heute Nacht in den Schacht zurückkehren", erklärte Emlion. „Wir müssen die Beweise finden und herausfinden, was sie dort tun. Wir können nicht abwarten, bis sie uns alle ins Ungewisse ziehen."

Einige sahen sich nervös an, aber das Nicken und die zustimmenden Blicke der anderen Rekruten stärkten Emlions Entschlossenheit. Gemeinsam würden sie in die

Dunkelheit hinabsteigen und die Wahrheit ans Licht
bringen – koste es, was es wolle.

Kapitel 12: Der Abstieg ins Unbekannte

Die Dunkelheit der Nacht hatte Torgelow in einen
schützenden Mantel gehüllt, und die Kaserne lag still vor
Emlion Ludgong und seinen neuen Verbündeten. Eine
Mischung aus Nervosität und Entschlossenheit lag in der
Luft, während sie sich um den Schacht versammelten,
der wie ein Schlund in den Boden riss. Emlion wusste,
dass dies der Moment war, auf den sie gewartet hatten
– die Wahrheit zu finden, die in den Schatten verborgen
lag.

Die Gruppe versammelt sich

Samuel, Emlion und die anderen Rekruten standen im
Kreis, ihre Gesichter waren von der schwachen
Lichtquelle ihrer Taschenlampen beleuchtet. Sie hatten
sich einen Plan ausgedacht: Jeder sollte seinen eigenen
Posten haben und den Eingang des Schachts sichern,
während ein oder zwei von ihnen hinunterklettern
würden, um die dunkle Wahrheit zu erkunden.

„Wir müssen leise sein und schnell handeln", flüsterte
Emlion, während er seine Hand über die Leiter des
Schachts legte. „Wir wissen nicht, was uns erwartet.
Wenn wir erwischt werden…"

„Dann müssen wir damit rechnen", unterbrach ihn ein
anderer Rekrut, Mark, mit einem kühnen Lächeln. „Wir
sind hier, um das herauszufinden. Lass uns das hinter uns
bringen!"

Der Abstieg

Mit einem letzten Blick auf seine Kameraden ließ Emlion
die Leiter hinunter und begann den Abstieg. Das
Geräusch der Sprossen unter seinen Füßen hallte in der
Stille wider, während er sich in die Dunkelheit begab.
Samuel folgte ihm dicht auf den Fersen, und die
anderen Rekruten blieben oben, bereit, Alarm zu
schlagen, wenn etwas Ungewöhnliches geschah.

Als Emlion den Boden erreichte, umfing ihn der
vertraute Gestank von fauligem Wasser und
Verwesung. Das schwache Licht ihrer Taschenlampen
enthüllte die nassen Wände des Schachts, die mit
einer grünlichen Schicht überzogen waren, die in der
Dunkelheit schimmerte. Die Angst in seinem Magen
wuchs, doch die Entschlossenheit, die Wahrheit zu
finden, hielt ihn aufrecht.

Ein unheimlicher Raum

Emlion und Samuel schlichen vorsichtig in den dunklen
Raum, der sich vor ihnen erstreckte. In der Dunkelheit
schien es, als würde der Raum lebendig werden –
unheimliche Schatten bewegten sich, als ob sie den
beiden Rekruten folgten. Ihre Taschenlampen warfen
geisterhafte Lichtstrahlen an die Wände, die das
Gefühl von Angst und Ungewissheit verstärkten.

„Bist du bereit?", flüsterte Samuel, seine Stimme zitterte
leicht. Emlion nickte, und sie machten sich daran, den
Raum zu erkunden. Sie suchten nach Beweisen, nach
Hinweisen auf die geheimen Aktivitäten, die in den
Tiefen der Kaserne stattfanden.

Plötzlich hörten sie ein leises Geräusch, ein Kratzen aus der Dunkelheit. Emlion und Samuel hielten inne, ihre Blicke trafen sich, und die Angst in ihren Augen sprach Bände. Emlion schloss für einen Moment die Augen und versuchte, seine Nerven zu beruhigen. „Wir sind hier, um die Wahrheit zu finden", murmelte er, und sie schlichen weiter in die Dunkelheit.

Ein Blick ins Grauen

Als sie in den nächsten Raum gelangten, blieben sie wie angewurzelt stehen. Das Bild, das sich ihnen bot, war noch grausamer als das, was Emlion zuvor gesehen hatte. Eine Gruppe von Soldaten stand über einem anderen Mann, der gefesselt auf dem Boden lag. Die Soldaten schienen wie Maschinen zu agieren, als sie mit kühler Präzision einen weiteren Teil des wehrlosen Mannes herausrissen.

Der Schrei, der Emlion entfuhr, war nicht mehr als ein ersticktes Geräusch, während er realisierte, dass sie nicht alleine waren. In diesem Moment fühlte er sich wie ein Eindringling in einem Albtraum, der ihm das Leben rauben wollte.

Der Schock und die Flucht

Die Soldaten drehten sich um, und Emlion konnte die Kälte in ihren Blicken spüren. Der Gedanke an Flucht überkam ihn erneut, und er riss Samuel mit sich. Sie rannten, so schnell sie konnten, zurück zur Leiter, das Echo ihrer Schritte hallte in der Dunkelheit wider.

„Schnell!", rief Samuel, als sie die Sprossen hinaufkletterten. Die Angst schnürte ihnen die Kehle zu, und jeder Schritt nach oben fühlte sich an, als würden sie sich aus den Klauen des Bösen befreien.

Oben angekommen, fiel Emlion aus dem Schacht, und der frische Luftstrom, der ihm ins Gesicht schlug, fühlte sich wie eine Befreiung an. Doch der Schock über das Gesehene ließ ihn wanken. Er war nicht sicher, ob er die Realität noch ertragen konnte.

„Wir müssen weg von hier", stammelte Emlion und sah Samuel an, dessen Gesicht blass und geschockt war.

Entschlossenheit in der Dunkelheit

In diesem Moment wurde Emlion klar, dass sie nicht aufgeben konnten. Die Dunkelheit, die sie umgeben hatte, musste bekämpft werden. Sie würden nicht ruhen, bis die Wahrheit ans Licht kam. Die Schreie des jungen Mannes würden sie nicht vergessen, und die Dunkelheit würde nicht gewinnen. Emlion war fest entschlossen, weiterzukämpfen, die anderen Rekruten zu warnen und das Geheimnis von Torgelow zu lüften.

Kapitel 13: Die Verschwörung

Emlion und Samuel standen zitternd in der Dunkelheit, die Kälte der Nacht umschloss sie wie ein unbarmherziger Mantel. Der Schrecken des zuvor Gesehenen nagte an ihren Nerven, während sie flüsternd beratschlagten, was als Nächstes zu tun sei. Emlion war fest entschlossen, die anderen Rekruten zu warnen und die Wahrheit über das, was in der Kaserne geschah, ans Licht zu bringen.

„Wir müssen das Thema sofort ansprechen", sagte
Emlion mit fester Stimme. „Wir können nicht riskieren,
dass das, was wir gesehen haben, einfach ignoriert
wird. Die anderen müssen verstehen, dass wir in Gefahr
sind."

Samuel nickte, doch er wirkte unsicher. „Aber was,
wenn sie uns nicht glauben? Was, wenn sie uns als
verrückt abtun?"

„Dann müssen wir Beweise sammeln. Wir müssen die
anderen Rekruten überzeugen, dass sie nicht nur Soldaten
sind, sondern möglicherweise Teil eines schrecklichen
Experiments. Wir brauchen mehr Informationen, bevor wir
irgendetwas unternehmen können", erwiderte Emlion
entschlossen.

Der Plan

Die beiden entschieden sich, eine Gruppe von Rekruten
zu versammeln, die sie für vertrauenswürdig hielten. Am
nächsten Tag brachten sie ein Treffen in einem der
verlassenen Räume der Kaserne auf den Weg. Emlion
bereitete sich vor, seine Beweise zu präsentieren und
die anderen Rekruten für das, was sie herausgefunden
hatten, zu sensibilisieren. Er wusste, dass sie sich in großer
Gefahr befanden, aber der Gedanke daran, die
Dunkelheit zu bekämpfen, war stärker.

„Wir müssen jetzt handeln", sagte Emlion zu Samuel, als
sie den Raum betraten, in dem das Treffen stattfinden
sollte. „Die Soldaten werden nicht lange tatenlos
zusehen, wenn sie bemerken, dass wir Fragen stellen."

Die Versammlung

Als die Rekruten sich versammelten, war die Atmosphäre angespannt. Einige sahen skeptisch aus, andere waren aufgeregt. Emlion spürte, wie sein Herz schneller schlug, als er zu ihnen sprach.

„Ich danke euch, dass ihr gekommen seid. Es gibt etwas, das wir besprechen müssen", begann Emlion. „Ich habe etwas gesehen – etwas, das wir nicht ignorieren können. Ich habe von einem geheimen Projekt gehört, das in der Kaserne durchgeführt wird. Und ich habe gesehen, was die Soldaten dort unten tun."

Die Gesichter der Rekruten wechselten die Farben von Zweifel zu Schock. „Wovon redest du?", rief ein Rekrut. „Was für ein Projekt?"

Emlion erklärte das, was er und Samuel entdeckt hatten, und schilderte die grausamen Bilder, die sich in sein Gedächtnis eingegraben hatten. Die anderen Rekruten hörten ihm gebannt zu, einige nickten in Zustimmung, während andere skeptisch blieben.

Die Entscheidung

„Was sollen wir tun?", fragte Samuel, als die Diskussion hitziger wurde. „Wir können nicht einfach so weitermachen wie bisher. Wir müssen etwas unternehmen!"

Die Gruppe war sich einig, dass sie etwas tun mussten, doch wie sie vorgehen sollten, war unklar. Emlion und

Samuel sahen sich an, und Emlion wusste, dass sie nicht allein in dieser Dunkelheit waren.

„Wir müssen Informationen sammeln und einen Plan entwickeln", sagte Emlion. „Wir müssen herausfinden, was die Soldaten wirklich vorhaben. Und wenn wir mehr Beweise haben, können wir die höheren Offiziere informieren – oder die Öffentlichkeit."

Die Idee, den Mut zusammenzunehmen und die Wahrheit zu suchen, entfaltete sich vor ihnen. Sie waren fest entschlossen, die Dunkelheit in der Kaserne zu bekämpfen und das Grauen, das sie entdeckt hatten, ans Licht zu bringen.

Kapitel 14: Der letzte Abstieg

Die Nacht brach herein, als Emlion, Samuel und die anderen Rekruten sich erneut auf den Weg zum Schacht machten. Diesmal waren sie nicht allein. Die Gruppe war entschlossen, Beweise für die unheimlichen Vorkommnisse zu sammeln, und sie hatten sich auf eine gefährliche Entdeckungstour vorbereitet.

Emlion spürte, wie die Nervosität ihn überkam, doch die Entschlossenheit, die Wahrheit zu finden, überdeckte seine Angst. Sie waren eine Gemeinschaft, die sich zusammengefunden hatte, um gegen das Böse zu kämpfen, das in den Tiefen der Kaserne lauerte.

Die letzte Konfrontation

Als sie die Leiter hinunterstiegen, war die Stille um sie
herum bedrückend. Emlion schaute über seine
Schulter zu seinen Kameraden, die sich
zusammenkauerten und flüsterten. Das Geräusch ihrer
Schritte hallte in der Dunkelheit wider, und als sie den
Boden erreichten, spürte Emlion sofort den fauligen
Gestank, der in der Luft hing.

Sie bewegten sich leise in den Raum, in dem Emlion die
schreckliche Szene zuvor gesehen hatte. Das Licht ihrer
Taschenlampen schnitt durch die Dunkelheit, während
sie die Augen offen hielten für jede Bewegung oder
jedes Geräusch.

„Hier ist es", murmelte Samuel und zeigte auf den
Raum, wo sie zuvor gestanden hatten. Emlion spürte
ein Schaudern über seinen Rücken laufen, als sie näher
traten und den Anblick, den sie befürchteten,
erblickten.

Die grausame Wahrheit

Die Soldaten waren wieder versammelt, und der gleiche
Junge, der zuvor gefangen war, lag wieder auf dem
Tisch. Emlion und die anderen Rekruten hielten den
Atem an, als sie die grausamen Szenen sahen. Die
Soldaten schienen sich nicht zu ändern, ihre leeren
Gesichter starrten mit dem gleichen kalten Ausdruck.

„Wir müssen das stoppen!", rief einer der Rekruten, aber
Emlion wusste, dass sie sich nicht einfach in die Situation
stürzen konnten. Sie mussten einen Plan haben.

„Wir brauchen Beweise", flüsterte Emlion. „Nehmt Fotos oder Videos auf. Je mehr wir haben, desto besser."

Die Entscheidung zur Konfrontation

Während die Gruppe sich bereit machte, ihre Telefone und Kameras zu zücken, bemerkten die Soldaten plötzlich die Anwesenden. Emlion spürte, wie sich das Blut in seinen Adern verkrampfte, als die Soldaten sich umdrehten und die Rekruten ansahen. Ein Gefühl des Schreckens überkam ihn, als die Soldaten sich zusammenschlossen, um den Eindringlingen gegenüberzutreten.

„Lauft!", brüllte Emlion und rannte zurück, während die anderen ihm folgten. Die Gruppe rannte durch den Raum, um dem Grauen zu entkommen, das sie entdeckt hatten. Emlion fühlte die Furcht in seiner Kehle, als die Soldaten hinter ihnen her waren.

Kapitel 15: Die Flucht in die Dunkelheit

Emlion und die anderen Rekruten rannten mit all ihrer Kraft, während die Schritte der Soldaten hinter ihnen lauter wurden. Die Angst trieb sie an, und das Verlangen, dem Grauen zu entkommen, ließ ihre Herzen schneller schlagen. Emlion konnte die Kälte der Dunkelheit auf seiner Haut spüren, während sie durch die Gänge der Kaserne hetzten, der Schacht hinter ihnen war wie ein finsterer Schlund, der alles verschlang, was sich ihm näherte.

Die Verfolgung

„Hier entlang!", rief Samuel, als er eine Abzweigung entdeckte. Emlion folgte ihm, ohne nachzudenken. Sie mussten einen Weg finden, um den Soldaten zu entkommen, die nun wild durch die Gänge jagten. Die Geräusche ihrer Stiefel hallten wie ein unheilvolles Echo, und Emlion wusste, dass sie schnell handeln mussten, um nicht gefasst zu werden.

In ihrem Kopf ratterten Gedanken. Was würden die Soldaten mit ihnen machen? Würden sie sie verschwinden lassen, wie die anderen Rekruten? Emlion wollte nicht an die Möglichkeit denken, dass sie in den tiefen Schatten der Kaserne gefangen sein könnten, ohne je wieder ans Licht zu kommen.

Die Dunkelheit der Kaserne

Sie rannten durch die verwinkelten Gänge der Kaserne, die wie ein Labyrinth aus Beton und Dunkelheit wirkten. Emlion fühlte sich verloren, als er um eine Ecke bog und plötzlich in einem weiteren Raum stand, der von der Decke bis zum Boden in Dunkelheit gehüllt war. „Warte!", rief er, als er bemerkte, dass Samuel und die anderen nicht hinter ihm waren.

Er drehte sich um und sah, wie eine Gruppe von Soldaten in die gleiche Richtung kam, aus der sie gerade geflohen waren. Emlion spürte, wie sein Herz in seiner Brust hämmerte. „Verdammtes Miststück! Wo sind die anderen?", dachte er und warf einen panischen Blick in die Dunkelheit.

Der Moment der Entscheidung

In diesem Moment wusste Emlion, dass er nicht aufgeben konnte. Er musste einen Ausweg finden, egal, wie unwahrscheinlich das auch sein mochte. Plötzlich bemerkte er ein schwaches Licht, das von einem kleinen Fenster am Ende des Raumes kam. Es war seine einzige Chance, und ohne zu zögern, lief er darauf zu.

Hinter ihm hörte er die Soldaten näher kommen, das Geräusch ihrer Stiefel hallte in der Dunkelheit wider. Emlion erreichte das Fenster und drückte seine Hand dagegen. Es war verriegelt, aber er konnte sehen, dass die Freiheit nur einen Schritt entfernt war. „Komm schon!", murmelte er, während er nach einer Möglichkeit suchte, es zu öffnen.

Der schreckliche Anblick

Die Soldaten waren nun nur noch wenige Schritte entfernt, als Emlion einen Ruck an dem Fenster machte. Mit einem lauten Krachen gab es nach, und Emlion sprang hinaus in die Nacht. Der Luftzug wehte ihm ins Gesicht, als er in die Freiheit stürzte – aber er wusste, dass die Gefahr noch nicht vorüber war.

Draußen auf dem Boden fiel er auf die kalte Erde. Er blickte zurück zur Kaserne, das Licht der Soldaten flackerte im Inneren, und die Schatten bewegten sich schnell. „Wo sind die anderen?", dachte Emlion, während er hastig aufstand und in die Dunkelheit der Nacht lief.

Die Einsamkeit der Flucht

Die Welt um ihn herum war dunkel und bedrohlich,
aber Emlion war fest entschlossen, nicht aufzugeben.
Er wollte die Wahrheit herausfinden und seine
Kameraden retten, die möglicherweise noch in der
Kaserne gefangen waren. Doch die Kälte und die Stille
der Nacht schienen ihn zu verfolgen, während er
weiterlief.

„Samuel!", rief er, als er durch die leeren Straßen von
Torgelow rannte. Die Stadt war tot, und der Wind pfiff
durch die Gassen. Emlion fühlte sich allein und verloren
in dieser unheimlichen Welt, aber die Vorstellung, dass
er nicht der Einzige war, hielt ihn am Leben.

Die Entscheidung zur Rückkehr

Emlion wusste, dass er einen Plan entwickeln musste,
um seine Kameraden zu retten und die Geheimnisse
der Kaserne zu enthüllen. Die Gedanken an die
Soldaten und das Grauen, das er gesehen hatte,
verfolgten ihn, doch er war entschlossen, das Licht der
Wahrheit in die Dunkelheit zu bringen.

Er würde nicht ruhen, bis er die Geheimnisse von
Torgelow aufgedeckt hatte. Er würde zurückkehren,
egal, was es kostete.

Kapitel 16: Die Wahrheit

Emlion lief weiter durch die Straßen von Torgelow, sein
Herz hämmerte in seiner Brust und der Schweiß rann
ihm über die Stirn. Die kühle Nachtluft brannte in seinen
Lungen, als er die Gedanken an die Schreie des

jungen Mannes und die brutalen Soldaten hinter sich zu lassen versuchte. Aber die Erinnerungen ließen ihn nicht los, und die Entschlossenheit, die Geheimnisse der Kaserne aufzudecken, trieb ihn voran.

Die Rückkehr zur Kaserne

Es war nicht einfach, den Mut zu finden, zurück zur Kaserne zu gehen, aber Emlion wusste, dass er handeln musste. Er musste die anderen Rekruten finden und sie über die Gefahr informieren, die sie alle bedrohte. „Es ist jetzt oder nie", murmelte er vor sich hin, während er den vertrauten Weg zurück zur Kaserne einschlug.

Die Dunkelheit um ihn herum war dicht, und das Licht der Kaserne schien ihm wie ein Beacon der Hoffnung. Er wusste, dass die Soldaten in den Schatten lauerten, aber er war fest entschlossen, die Wahrheit zu suchen. Als er sich dem Eingang näherte, spürte er ein Kribbeln im Nacken – die Ahnung, dass er beobachtet wurde.

Ein ungewisser Empfang

Emlion schlich durch den Hintereingang der Kaserne, der von den Wachen unbemerkt war. Er bewegte sich leise, um nicht die Aufmerksamkeit der Soldaten auf sich zu ziehen. Seine Gedanken rasten, als er in die Gänge eintrat, die er so gut kannte und die ihn nun mit einem Gefühl des Unheils empfingen.

Er hatte einen Plan: Er würde die Rekruten zusammentrommeln, die mit ihm an diesem Abend geflohen waren, und sie informieren, was er gesehen hatte. Je mehr sie waren, desto stärker waren sie. Doch als er die Versammlung erreichte, stellte er fest,

dass die Rekruten bereits wussten, dass etwas nicht
stimmte.

„Emlion!", rief Samuel, der auf ihn wartete. „Wir haben
uns Sorgen um dich gemacht. Hast du etwas
herausgefunden?"

Die Ungeheuerlichkeiten

„Ja, ich habe...", begann Emlion, als er seinen Bericht
ablegte und alles erzählte, was er gesehen hatte. Die
Blicke seiner Kameraden waren ernst, und die
Atmosphäre war angespannt. „Sie experimentieren an
uns. Das, was sie dort tun, ist nicht menschlich. Wir
müssen etwas unternehmen!"

Die Rekruten waren aufgebracht, einige waren
wütend, andere waren erschüttert. „Was können wir
tun?", fragte einer von ihnen. „Wir müssen die Wahrheit
herausfinden, aber wie?"

Emlion wusste, dass sie auf die Unterstützung der
anderen Rekruten angewiesen waren. „Wir müssen
Beweise sammeln", sagte er. „Wir müssen herausfinden,
was in den Tiefen der Kaserne geschieht, und wir müssen
es aufzeichnen."

Der letzte Kampf

Die Gruppe entschied sich, eine letzte Erkundung zu
unternehmen, um die Beweise zu sichern, die sie
brauchten. Sie waren entschlossen, sich nicht von
Angst und Schrecken abhalten zu lassen. Als sie sich
auf den Weg zum Schacht machten, fühlte Emlion, wie
der Adrenalinspiegel in ihm anstieg.

Der Schacht, in den sie hinunterklettern würden, war
der Ort, an dem sie die Geheimnisse enthüllen konnten.
Die Gruppe bereitete sich vor, ihre Taschenlampen in
der Dunkelheit leuchten zu lassen und die Wahrheit ans
Licht zu bringen. Emlion wusste, dass sie möglicherweise
auf die Soldaten stoßen würden, aber die
Überzeugung, dass sie etwas bewirken konnten, war
stärker.

Das Finale

Als sie die Leiter hinunterkletterten und in den schmutzigen
Raum traten, erlebten sie den gleichen fauligen Geruch,
der sie vorher überwältigt hatte.
Doch diesmal waren sie bereit. Emlion spürte die
Präsenz seiner Kameraden um sich, und die
Entschlossenheit, die Dunkelheit zu bekämpfen, gab ihm
Kraft.

Sie schalteten ihre Taschenlampen ein und leuchteten
auf den Tisch, auf dem das grausame Bild lag, das sie
nicht vergessen konnten. Doch dieses Mal waren sie nicht
allein. Die Soldaten waren da, und die Konfrontation
schien unvermeidlich.

„Halt!", rief Emlion, und die Soldaten drehten sich zu
ihnen um. Die Dunkelheit war nicht länger ihr Freund,
und die Wahrheit würde nicht länger verborgen
bleiben. „Wir wissen, was ihr tut, und wir werden es
aufdecken!"

In diesem entscheidenden Moment, als die Dunkelheit
und das Grauen zusammenkamen, fühlte Emlion die
Kraft der Wahrheit in sich.

Der Schlussstrich

Mit einem letzten, verzweifelten Schrei stürmten die
Rekruten vorwärts, bereit, sich den Schatten
entgegenzustellen, die sie so lange verfolgt hatten.
Das Licht ihrer Taschenlampen schnitt durch die
Dunkelheit, und sie wussten, dass dies der Kampf um
ihre Freiheit war. Sie würden nicht aufgeben, bis die
Wahrheit ans Licht kam.

Emlion war bereit, alles zu riskieren. Der Kampf gegen
das Unbekannte hatte begonnen, und er würde nicht
ruhen, bis die Geheimnisse von Torgelow aufgedeckt
waren.

Ende